Oetinger

Kirsten Boie, »Deutschlands wichtigste Kinder- und Jugendbuchautorin« (DIE WELT), wurde 1950 in Hamburg geboren, studierte Deutsch und Englisch, promovierte in Literaturwissenschaft und war als Lehrerin tätig. Ihre Bilder-, Kinder- und Jugendbücher erhielten zahlreiche Auszeichnungen, u. a. wurde Kirsten Boie bereits dreimal für den Hans-Christian-Andersen-Preis, die höchste internationale Auszeichnung für Kinder- und Jugendliteratur, nominiert.

Silke Brix, 1951 in Schleswig-Holstein geboren, studierte an der Fachhochschule für Gestaltung in Hamburg. 1986 erschien ihr erstes Bilderbuch, ein Jahr später begann ihre intensive Zusammenarbeit mit Kirsten Boie, aus der bislang rund 30 Bücher entstanden sind.

Kirsten Boie

Linnea macht Sachen

Bilder von Silke Brix

Verlag Friedrich Oetinger · Hamburg

Alles über Linnea

Bilderbuch
Linnea geht nur ein bisschen verloren

Erstlesebücher
Linnea findet einen Waisenhund
Linnea klaut Magnus die Zauberdose
Linnea macht Sperrmüll
Linnea schickt eine Flaschenpost
Linnea will Pflaster

Kinderbücher
Linnea macht Sachen
Linnea rettet Schwarzer Wuschel
Man darf mit dem Glück nicht drängelig sein

Linnea findet einen Waisenhund gibt es auch in englischer Sprache mit Vokabelliste und CD unter dem Titel *Linnea finds an orphan dog.*

Einband und farbige Illustrationen von Silke Brix
Reproduktion: Domino, Lübeck
Druck und Bindung: Clausen und Bosse, Leck
Printed in Germany 2003
ISBN 3-7891-3147-4

www.oetinger.de

Inhalt

Kennst du Linnea? Die ist schon fast fünf, und ihre Puppe heißt Linni, fast genauso wie sie. Linneas Bruder heißt Magnus und ihre große Schwester heißt Anna.

Nur Mama ist leider nicht mit auf dem Bild und Papa auch nicht. Der wohnt jetzt nämlich in Bremen mit seiner neuen Freundin. Da besucht Linnea ihn manchmal.

Aber Mama wohnt natürlich zu Hause. Sie ist nur gerade zur Arbeit. Darum gibt es hier nur ein Foto von ihr.

Linnea allein zu Haus

»Ich weiß nicht, ihr drei!«, sagt Mama zweifelnd. »Ob ich euch wirklich allein lassen kann? So lange?«

»Klar kannst du das, Mama!«, sagt Anna. Aber Anna ist ja auch schon fast elf Jahre alt. »Das ist ja nicht mal die ganze Nacht, und wenn wir aufwachen, bist du schon wieder da.«

Für Samstag ist Mama nämlich zu einem großen Fest eingeladen, das dauert bestimmt ziemlich lange; aber Papa hat am Telefon gesagt, er kann am Samstag die Kinder leider nicht übernehmen, weil er mit seiner neuen Freundin in Bremen Theaterkarten hat. Und Babysitter sind so teuer.

»Wir sind doch auch keine Babys mehr«, sagt Magnus, und weil er schon sieben ist, stimmt das ja auch.

»Und du, Linnea?«, fragt Mama. »Hast du auch keine Angst?«

Linnea guckt Mama an. »Piep, piep, piep, du bist aber dumm, Mama!«, sagt sie. »Sonst merk ich dich nachts ja auch nicht. Da schlaf ich doch.« Da strubbelt Mama Linnea durch die Haare. »Dann geh ich also zum Fest, ihr Lieben«, sagt sie. »Danke schön, ihr drei! Ich freu mich schon.« Und vielleicht freut Linnea sich auch.

Bevor Mama losgegangen ist, hat sie noch einen großen Teller mit Broten fertig gemacht und einen Teller mit Karotten und Gurke und zum Nachtisch eine Schüssel mit Apfelmus. Und zwei Flaschen Brause hat sie auch noch gekauft, weil es doch ein besonderer Abend ist.

»Und nicht mehr fernsehen!«, sagt Mama und zupft vor dem Flurspiegel ihre Haare zurecht. »Sonst wird es zu spät!«

»Das versprechen wir,

Mama«, sagt Anna, und dabei sieht sie wirklich wie eine vernünftige große Schwester aus, die ganz gut einen Abend lang auf ihre beiden kleinen Geschwister aufpassen kann.
»Nachher können Linnea und Magnus sonst vielleicht nicht schlafen«, sagt Mama und schnappt sich ihren Autoschlüssel. »Du weißt doch, Anna. Fernsehen ist manchmal so gruselig.«
»Weiß ich doch, Mama«, sagt Anna, und dann stehen sie alle drei in der offenen Wohnungstür, Anna, Magnus und Linnea, und winken hinter Mama her. Unten fällt die Haustür zu.
»Jetzt wird hier aber mal ordentlich auf den Putz gehauen«, sagt Linnea zufrieden, und woher sie solche Wörter kennt, kann man sich überhaupt gar nicht denken.

Aber zuerst hauen sie doch noch nicht auf den Putz.
»Zuerst wollen wir mal Abendbrot essen«, sagt Anna, wie eine vernünftige große Schwester das soll. »Komm, Magnus. Komm, Linnea.«
»Dir muss ich ja wohl nicht gehorchen!«, sagt

Linnea und baut sich vor Anna auf. »Du bist wohl nicht meine Mutter!«

Aber bevor Anna etwas Unfreundliches antworten kann, hat sich Magnus schon eingemischt.

»Willst du denn gar kein Abendbrot essen, Linnea?«, fragt er ganz lieb. »Hast du denn gar keinen Hunger?«

»Klar hab ich Hunger, du Dummer!«, sagt Linnea. »Und jetzt ess ich was. Aber nicht, weil Anna das sagt.« Und sie nimmt ihre Linni und geht in die Küche.

Anna seufzt. »Du bist wirklich eigensinnig, Linnea«, sagt sie.

Aber das ist Linnea überhaupt nicht. »Jetzt machen wir uns das aber mal schön«, sagt sie und schnappt sich einen Küchenstuhl. Gerade ist ihr eingefallen, wie sie auf den Putz hauen kann. »Wir machen ein Festmahl«, und bevor Anna etwas sagen kann, hat Linnea den Stuhl schon an den Schrank geschoben und macht oben die Klappe auf, hinter der Mama ihr allerbestes Sonntagsgeschirr aufbewahrt. Das nimmt sie immer nur, wenn Gäste kommen.

»Nein, Linnea, das dürfen wir nicht!«, sagt Magnus ängstlich; aber da hat Linnea schon vier von Mamas wunderschönen guten Tellern herausgeholt, und Anna guckt einen Augenblick ganz erschrocken, aber dann kriegt sie doch so ein Glitzern in den Augen.

»Aber vorsichtig sein, Linnea!«, sagt Anna.

Die kleinen Schneidebretter mit den Katzenköpfen legt sie wieder zurück in den Schrank.

Für einen festlichen Abend sind die sowieso schon viel zu zerkratzt. »Wieso vier Teller, Linnea? Wir sind doch nur drei.«
»Meine Linni darf ja wohl auch mitfeiern!«, sagt Linnea energisch, und jetzt nimmt sie auch noch die teuren Weingläser mit den dünnen Stielen aus dem Schrank, aus denen dürfen Anna, Magnus und Linnea sonst nie, nie, niemals trinken, nur am Heiligabend, weil Mama sagt, es sieht hübscher aus, wenn auf einem festlich gedeckten Tisch alle Gläser zusammenpassen. Aber Wein kriegen die Kinder dann trotzdem nicht ab.
»Bei einem Festmahl brauchen wir die«, sagt Linnea entschieden, als Magnus ein bisschen ängstlich guckt. Magnus weiß ja vielleicht nicht, was ein Festmahl ist, aber Linnea hat das gerade gestern in der Nilpferd-Gruppe in ihrem Kindergarten gelernt. Da hat der Erzieher eine Geschichte erzählt, in der hat ein Herr Jesus bei einem Festmahl eine Menge Wein gezaubert. Aber Linnea glaubt trotzdem

nicht, dass man Wein braucht, damit das Festmahl richtig wird. Bestimmt reichen die Weingläser auch schon, da kann man ja Brause reintun. Magnus flitzt noch mal schnell ins Wohnzimmer und holt den Kerzenhalter mit den fünf blauen Kerzen, den sie vor zwei Jahren aus dem Urlaub mit zurückgebracht haben.

»Kerzen sind so gemütlich!«, sagt Magnus, und Linnea nickt aufgeregt.

»Aber vorsichtig sein!«, sagt sie streng. »Kleine Kinder dürfen das ja noch nicht.«

Das weiß Anna natürlich selber, aber kleine Kinder haben sie heute Abend ja zum Glück auch keine dabei, und darum zündet Anna jetzt die Kerzen an und schenkt allen einen winzigen Schluck Brause ein, weil in die vornehmen Weingläser ja leider nicht so viel reinpasst, und Magnus schaltet das Deckenlicht aus. Dann sitzen sie alle drei am Küchentisch, und die Kerzenflammen flackern ein bisschen und spiegeln sich in den Gläsern und duften nach Weihnachten, und es ist so gemütlich, dass Linnea denkt, wenn sie möchte, kann Mama abends gerne mal öfter zu einem Fest weggehen.

»Prost, meine Lieben!«, sagt Linnea und hebt das Glas. »Vor allem auf gute Gesundheit«, sagt sie, weil Opa das am Heiligabend beim Anstoßen auch immer sagt. Und Magnus und Anna heben auch ihre Gläser, und dann stoßen sie alle miteinander an, Linnea mit Magnus und Magnus mit Anna und Anna mit Linnea, und am Schluss darf Linni auch noch mal mit allen anstoßen. Und weil sie die Gläser ganz richtig nur am Stiel anfassen, gibt es auch jedes Mal so ein schönes »Plinggg!«, wie es das beim Anstoßen ja geben muss.

»Ich finde, wir haben das richtig gemütlich«, sagt Magnus und seufzt ein bisschen vor Glück.
»Glaubt ihr, Mama hat das auch so gemütlich?«
Darüber denkt Linnea gar nicht nach. »Sti-hille Nacht!«, singt sie. »Heilige Nacht!«
Aber da machen Magnus und Anna nicht mit.
»Das ist doch nicht Weihnachten, Linnea!«, sagt Magnus. »Das ist doch beinahe Sommer!«
»Aber es fühlt sich *an* wie Weihnachten«, sagt Linnea, und Magnus nickt, und sogar Anna sagt nicht, dass Linnea nun aber mal aufhören soll, Unfug zu reden.
»Und Bratapfel mach ich trotzdem!«, sagt Linnea. »Das kann man auch machen, wenn beinahe Sommer ist«, und dann füllt sie sich Apfelmus auf ihren Löffel und hält ihn über die Kerzen, und natürlich sagt Anna nun doch, dass Linnea aber mal ganz schnell mit dem Unfug aufhören soll. Aber sie sagt das gar nicht laut und auch nur einmal, und da weiß Linnea, dass Anna eigentlich auch ganz gerne Bratapfel machen will.
Ein bisschen Apfelmus tropft leider herunter und

löscht eine Kerze aus, aber die anderen brennen immer noch weiter, und da duftet es bald so wunderbar nach Apfel und Angebranntem, dass Linnea am liebsten noch mal »Stille Nacht« singen würde.
»Nein, nein, jetzt müsst ihr ins Bett«, sagt Anna streng. »Das hat Mama gesagt.«
Linnea guckt sie schlau an. »Hat sie gar nicht, du Dumme!«, sagt Linnea.
»›Wehe, wehe, wenn ihr Fernsehen guckt‹, hat Mama gesagt, aber ›früh ins Bett‹ hat sie nicht, oder, Magnus? Hat sie doch nicht gesagt?«
Und da guckt Magnus Anna ein bisschen entschuldigend an und sagt: »Nein, eigentlich hat Mama nicht ›früh ins Bett‹ gesagt.«
»Aber gemeint hat sie das!«, ruft Anna. Vielleicht glaubt sie, dass sie noch alleine fernsehen kann, wenn sie Linnea und Magnus ins Bett gesteckt hat, aber da passt Linnea schon auf.
»›Nicht fernsehen‹, hat sie gesagt«, sagt Linnea.
»Aber sie hat nicht gesagt: ›Wehe, wehe, wenn ihr euch noch eine Geschichte erzählt.‹ Das hat Mama nicht gesagt.«

»Geschichten findet Mama gut«, sagt Magnus vorsichtig.

»Weil man da ja gut einschlafen kann«, sagt Linnea. »Oder, Magnus?«

Da seufzt Anna ein bisschen und sagt, na gut, aber nur noch *eine* Geschichte.

»Ja, nur eine einzige kleine Geschichte«, sagt Linnea und nickt energisch.

»Draußen. Unter dem Sternenzelt.«

»Unter dem *was*?«, fragt Anna verblüfft, aber da guckt Magnus sie bittend an.

»Oh ja, bitte, Anna, lass uns doch!«, sagt er aufgeregt. »Wo doch beinahe Sommer ist!«

Da kriegt Anna wieder so ein Glitzern in den Augen, wie es große Aufpass-Schwestern vielleicht gar nicht kriegen sollten, und sie sagt, okay, aber nur eine einzige Geschichte. Und eine Wolldecke nehmen sie auch mit, damit sie sich nicht erkälten.

Dann holt sie die Decke von Mamas Schaukelstuhl und Linnea nimmt ihre Linni auf den Arm

und Magnus pustet vorsichtig die restlichen vier Kerzen aus. Jetzt schleichen sie sich durch das Treppenhaus nach unten und setzen sich hinter das Haus, ganz leise.

In den Straßen leuchten jetzt bestimmt die Straßenlaternen und im Haus ist in einigen Fenstern Licht; aber auf dem Rasen hinter der Mülltonnenbox, auf dem die Kinder am Tag niemals spielen dürfen, ist es schon fast ganz dunkel.

»Uuh, wie gruselig!«, flüstert Magnus.

»Wenn ihr Angst habt, können wir gerne wieder raufgehen«, sagt Anna.

Aber da sagt Linnea schnell, dass Magnus ja nicht ängstlich gruselig meint, sondern schön gruselig, und Magnus sagt: »Genau.«

Dann setzen sie sich alle drei auf ihre Decke und gucken ein bisschen, ob sie das Sternenzelt entdecken können, aber am Himmel scheint leider nur der Mond.

»Aber Gruselgeschichten kann man trotzdem erzählen«, sagt Linnea bestimmt.
Das haben sie in der letzten Woche in der Nilpferd-Gruppe auch gemacht, da haben sie das große Zaubertuch über die Kochecke gelegt, und darunter war es so schön dunkel und unheimlich und fast gar nicht genug Platz für alle Kinder. Und Linus von den Vorschulkindern hat eine Geschichte von einem toten Vampir erzählt, bis die kleine Mandy geweint hat und rausgekrochen ist. Da war für die anderen wieder genug Platz.
»Wieso eine Gruselgeschichte?«, sagt Anna. »Ich erzähl euch jetzt mal ein schönes Märchen.«
»Die Gruselgeschichte *ist* ja ein Märchen«, sagt Linnea. »Pass auf, so geht das jetzt: Da war ein toter Vampir. Der war in Wirklichkeit ein Prinz, aber das wusste die Prinzessin ja nicht, und darum hat sie gesagt: ›Beiß mich nicht, du oller Vampir!‹ Und schlafte hundert Jahre.«
»Es heißt *schlief*«, sagt Magnus böse. »Das ist doch keine Gruselgeschichte, Linnea! Da wird mir ja gar nicht gruselig!«

»Mandy doch!«, sagt Linnea böse, aber da hat Anna schon wieder das Glitzern in den Augen und sagt, wenn Magnus und Linnea versprechen, dass sie keine Angst kriegen, dann erzählt sie jetzt mal eine Gruselgeschichte.
Und Linnea sagt, ha, ha, sie ist ja kein kleines Baby mehr, und Magnus sagt tapfer, dass es Gespenster in echt ja gar nicht gibt, und da fängt Anna an.
»In einem dunklen, dunklen Wald«, sagt Anna, und ihre Stimme klingt plötzlich gar nicht mehr wie Anna, sondern wie die Stimme von einem düsteren, finsteren Geist, »da war ein dunkles, dunkles Haus. Und in dem dunklen, dunklen Haus ...«
»Hör mal auf, Anna, du!«, sagt Linnea unruhig. »Das ist keine schöne Geschichte! Die musst du nicht ...«

Aber jetzt ist Anna richtig in Schwung gekommen. »... da war ein dunkles, dunkles Zimmer«, sagt sie mit ihrer düsteren, finsteren Geisterstimme. »Und in dem dunklen, dunklen Zimmer ...«
»Ich will das nicht!«, ruft Linnea. »Ich will das nicht!«
»... da war ein dunkler, dunkler Sarg! Und in dem dunklen, dunklen Sarg ...«
Und jetzt beugt Anna sich vor, weil sie mit ihren Händen zeigen will, wie groß der dunkle Sarg war, und dabei stößt sie aus Versehen gegen Magnus, und noch bevor Anna »... da lag ein dunkler, dunkler Geist!« sagen kann, ist Magnus schon aufgesprungen.
»Hilfe!«, schreit Magnus. »Hilfe, Mama, Hilfe!«
Da wird oben im Haus ein Fenster aufgerissen. »Was ist denn da unten los?«, ruft der Hausmeister, und dann gehen noch mehr Fenster auf. »Was habt ihr denn um diese Zeit noch draußen zu suchen?«

»Alles in Ordnung!«, ruft Anna und guckt Magnus böse an. Aber das kann der in der Dunkelheit sowieso nicht richtig sehen.

»Da muss ich wohl mal ein Wörtchen mit eurer Mutter reden!«, ruft der Hausmeister und schlägt sein Fenster wieder zu. Die anderen Leute im Haus machen das auch.

»Jetzt kannst du wieder weitererzählen, Anna«, sagt Linnea zufrieden. Aus den Fenstern fällt Licht auf den Rasen, und jetzt kann jeder sehen, dass Anna kein böser dunkler Geist ist. Anna ist bloß Anna, die Geschichten erzählt.

Aber das will sie jetzt nicht mehr. »Wenn ihr immer gleich schreit!«, sagt Anna wütend und schnappt sich die Wolldecke. »Jetzt geht ihr wirklich ins Bett! Hätte ich ja wissen können!« Und sie geht so böse zum Haus zurück, dass Magnus ganz erschrocken aussieht.

Oben schließt Anna die Wohnungstür auf, und dann sagt sie, dass sie jetzt in der Küche aufräumt, und Linnea und Magnus sollen ins Bett gehen, aber ganz schnell.

»Tralala, du musst ja wohl nicht so böse sein!«,

sagt Linnea, als sie im Nachthemd mit ihrer Zahnbürste in die Küche kommt. »Du musst mir einen Kuss geben, Anna. Sonst schlaf ich nicht.«
Da seufzt Anna ein bisschen und fragt Magnus, ob er etwa auch einen Kuss braucht. Aber Magnus sagt, nee, nee, er schläft ja schon fast, und da geht Anna mit Linnea zu Linneas Bett und

stopft die Decke um sie rum ganz fest, und als ein frecher Fuß unten noch mal rausgucken muss, stopft sie den auch ganz lieb noch mal rein.
»Gute Nacht, Linnea«, sagt Anna und gibt Linnea einen Kuss, und dann küsst sie sogar noch die kleine Linni, weil die sonst auch nicht einschlafen kann.
»Ist es jetzt gut?«
Linnea denkt einen Augenblick nach, dann schüttelt sie den Kopf. »Küssen kannst du schön, Anna«, sagt sie nachdenklich. »Aber du *riechst* ja nicht wie Mama.« Sie seufzt und lässt sich aufs Kopfkissen fallen. »So kann ich doch nicht schlafen!«, sagt sie jammerig. »So ohne Geruch!«
Aber jetzt merkt man mal, dass Anna wirklich eine tüchtige große Schwester ist, die Mama gut mit Magnus und Linnea allein lassen kann. Sie muss nicht mal lange nachdenken, da flitzt sie schon zu Mamas Bett und kommt mit Mamas Schlaf-T-Shirt zurück.
»Ist es so besser, Linnea?«, fragt sie, und Linnea nickt und knüllt das T-Shirt zusammen und legt es unter ihren Kopf.

Das war ein richtig schöner Abend heute. Zuerst haben sie gemütlich zusammen ein Festmahl gemacht, und dann haben sie gemütlich Gruselgeschichten erzählt, und jetzt schläft sie gemütlich ein. Auf dem Kopfkissen liegt ihre Linni und riecht wie Linni, und Mamas T-Shirt, das riecht wie Mama, und alles ist ganz genau so, wie es sein muss.
»Gute Nacht, Anna«, murmelt Linnea und macht schon fast die Augen zu.
»*Ich* muss ja noch die Küche aufräumen«, sagt Anna, und dann seufzt sie fast genau wie Mama.

»Ich bin ja richtig stolz auf euch!«, sagt Mama, als sie am nächsten Morgen mit ganz müden Augen im Bademantel am Küchentisch sitzt und ihren Tee trinkt.»Dass ich euch so gut allein lassen kann! Sogar die Küche war aufgeräumt.«

»Das hat Anna gemacht«, sagt Linnea großzügig. »Wir haben auch gar nicht Fernsehen geguckt.«
»Ich wusste doch, dass ich mich auf euch verlassen kann«, sagt Mama. »Hat einer von euch mein Schlaf-Shirt gesehen?«
»Anna hat uns eine schöne Geschichte erzählt«, sagt Linnea, aber da stößt Magnus sie unter dem Tisch gegen das Schienbein, dass sie gar nicht weitererzählen kann.
»Danke schön, Anna!«, sagt Mama und lächelt Anna an. »Zum Einschlafen ist das ja viel besser als dieser gruselige Fernsehkram.«
Linnea nickt. »Genau!«, sagt sie zufrieden. »Du kannst gerne mal wieder zu einem Fest gehen, Mama.«

Linnea hat schlechte Laune

Am Nachmittag will Mamas Freundin Annegret zum Kaffeetrinken zu Besuch kommen, und Linnea kann dann mit Annegrets Tochter Ronja in ihrem Zimmer spielen.

»Aber vorher räumst du noch mal auf, Linnea«, sagt Mama und legt ein paar Kekse auf ihren hübschen blauen Glasteller. »Das hast du gestern schon nicht getan. Und vorgestern auch nicht.«

Linnea guckt nicht hoch. Sie sitzt am Küchentisch neben Mama und malt lauter geheimnisvolle kleine Zeichen auf ein Blatt Papier. Das machen Magnus und Anna auch immer, und das heißt dann Hausaufgaben. Wenn man Hausaufgaben macht, darf man nicht gestört werden. Nicht, bevor man fertig ist. Und auf Linneas Blatt ist noch viel Platz.

»Ich mach Hausaufgaben«, sagt Linnea. »Stör mich mal nicht, du. Ich muss noch viel schaffen.«

Und das ist auch gut, denkt Linnea. Aufräumen mag sie nämlich gar nicht so gerne. Eigentlich mag sie Aufräumen sogar am allerwenigsten gerne von allen Sachen auf der Welt. Da ist es doch ein Glück, dass sie mit ihren Hausaufgaben noch so viel zu tun hat.
»Linnea!«, sagt Mama und ihre Stimme klingt ein kleines bisschen drängelig. »Gleich kommt Ronja. Und so könnt ihr in deinem Zimmer ja gar nicht spielen«, und dann legt Mama noch mehr Kekse auf den hübschen Teller.

»Jetzt hab ich mich verschrieben!«, sagt Linnea böse, wie Magnus das manchmal bei den Hausaufgaben sagt, wenn Linnea kommt und mit ihm spielen will. »Und du bist schuld!«
Aber dann denkt sie, dass es vielleicht doch besser ist, wenn sie Mama erklärt, warum es überhaupt nicht nötig ist, dass sie jetzt mit ihren Hausaufgaben aufhört.
»Ist Ronja doch egal«, sagt Linnea und malt ein Zeichen, das sieht aus wie eine komische kleine Schlange. Das hat sie bei Magnus auch schon ganz oft gesehen. »Die findet mein Zimmer auch rummelig schön. Ich weiß das«, und dann malt sie das Zeichen noch mal und noch mal. Jetzt sieht es wirklich ganz genauso aus wie bei Magnus.
Aber Mama guckt die schönen Hausaufgaben gar nicht an. »Mein liebes Fräulein«, sagt sie, und sie hört sogar auf weiter Kekse auszupacken. Wenn Mama »Mein liebes Fräulein« sagt, dann wird sie langsam böse, das weiß Linnea. »Jetzt wird aufgeräumt. Da gibt es gar keine Widerrede.«
Aber in diesem Haus kann ja wohl nicht nur Mama böse werden. »Piep, piep, piep!«, sagt Linnea.

»Ich hab keine Zeit, siehst du doch!«, und dann malt sie energisch ein neues Zeichen, das sieht aus wie ein schiefes Haus mit einem spitzen Dach, und das malt Magnus auch ganz oft. Da nimmt Mama Linnea bei den Schultern. »Ab!«, sagt Mama. »Jetzt wird aufgeräumt und Schluss!« Und dann trägt sie das Tablett mit den Keksen und den Tassen und dem Kaffee ins Wohnzimmer.
Linnea guckt ihr böse hinterher. »Wird das gar nicht, jawohl!«, flüstert sie und streckt Mamas Rücken ganz schnell die Zunge raus. »Du blöde, doofe, arschige Pupefrau!«
Aber dann hält Linnea sich die Hand vor den Mund. Zunge rausstrecken ist frech und ganz bestimmt nicht schön, aber »blöde, doofe, arschige Pupefrau« darf man wirklich nicht zu einer Mutter sagen, das weiß Linnea genau.
»Hab ich ja auch gar nicht!«, sagt sie und gibt ihrer Linni auf dem Fußboden neben dem Tisch

einen kleinen Stoß mit dem Fuß. »Wasch dir gefälligst mal die Ohren!«
Da ist Mama auch schon zurück. »Nanu?«, sagt sie. »Ich glaub, ich seh nicht recht? Bist du immer noch nicht in deinem Zimmer? Aufräumen, Linnea, aber fix!«
Aber jetzt hat Linnea wirklich richtig schlechte Laune. »Didel, dadel, dudel«, sagt sie und guckt Mama böse an. »Ich hör dich ja gar nicht!« Und genau in diesem Moment klingelt es an der Wohnungstür, und da kann Mama zum Glück nicht mehr weiterschimpfen.
Linnea hört, wie Mama die Tür aufmacht und »Hallo« sagt, und dann kommen auch Anna und Magnus aus ihren Zimmern und sagen auch »Hallo«, und dann wird die Tür vom Garderobenschrank auf- und wieder zugemacht. Da hat Mama wohl jetzt Annegrets Jacke reingehängt. Und Ronjas auch.
Linnea klettert von ihrem

Stuhl. Wenn sie noch länger schlechte Laune hat, kriegt sie vielleicht keine Kekse mehr ab. »Komm mit, Linni, du sollst auch Kekse kriegen«, sagt sie und packt ihre Linni an einem Bein. »Jetzt hab ich die Hausaufgaben leider nicht fertig geschafft«, und dann geht sie ganz langsam über den Flur zum Wohnzimmer.

Die Wohnzimmertür ist nur angelehnt und Linnea hört, wie Mama allen einschenkt und den Keksteller herumreicht, und da gibt sie der Tür mit dem Fuß einen Stups. »Hallo«, sagt Linnea. »Ich komm jetzt.«

»Hallo, Linnea!«, sagt Annegret freundlich, aber da muss Mama sich natürlich gleich wieder einmischen.

»Ich glaub's ja nicht!«, sagt sie. »Willst du mir erzählen, dass du dein Zimmer so schnell aufgeräumt hast, Linnea? Nun mal los, mein Fräulein! Kekse gibt's hinterher«, und Linnea kann richtig sehen, wie doll Mama sich ärgert, dass Linnea nicht aufgeräumt hat.

Aber da kann Linnea Mama leider auch nicht helfen. »Jetzt hab ich grade keine Zeit«, sagt sie und will sich auf den letzten freien Stuhl setzen. Der steht genau neben Ronjas Stuhl. »Jetzt hab ich einen Gast.«

Und kann man so was glauben? Mama guckt immer noch so finster und zeigt mit dem Finger zur Tür, und Linnea begreift, dass Mama wirklich will, dass sie in ihr Zimmer geht. Obwohl doch Besuch da ist! Und wenn Linnea sich jetzt einfach trotzdem auf den Stuhl setzt, kommt Mama vielleicht und *trägt* sie in ihr Zimmer. Und so was ist ja furchtbar peinlich, wenn Ronja das sieht.

Darum packt Linnea ihre Linni fester und starrt Ronja finster an.
»Das sind sowieso ganz eklige Kekse!«, sagt sie.
»Da hab ich überall draufgespuckt!«, und bevor Mama sie schnappen und in ihr Zimmer bringen kann, geht Linnea lieber selber.
»Äh, so eklige Kekse!«, murmelt sie. »Äh, so eine blöde, doofe, arschige Pupefrau!« Und diesmal sagt sie ihrer Linni nicht, dass sie sich wohl verhört hat. »Selber schuld!«
Dann steht Linnea vor ihrer Zimmertür und aus dem Wohnzimmer hört sie Gläser klirren und Reden und Lachen und wie Stühle über den Boden scharren. Da sitzen jetzt Mama und Anna und Magnus und Linneas Freundin Ronja und essen Kekse, und nur Linnea muss hier ganz allein und verlassen ihr Zimmer aufräumen.
»Ganz allein und verlassen!«, flüstert Linnea, und wenn man es sagt, wird es noch viel, viel trauriger.
»Gemeine Frau!«, und sie merkt richtig, wie ihre Unterlippe ein kleines bisschen anfängt zu zittern, und das heißt, dass sie gleich weinen muss.

Das will Linnea ganz bestimmt nicht.
Und da weiß sie plötzlich genau, dass sie ihr Zimmer nicht aufräumt, ganz egal, was Mama dann macht. Pööh, Linnea wird doch wohl nicht ihr Zimmer aufräumen, wenn Mama so gemein zu ihr ist, und alle anderen dürfen leckere Kekse essen!
»Nix da!«, sagt Linnea entschlossen und macht die Tür vom Garderobenschrank auf. »Nix da räumen wir auf, oder, Linni?« Und sie guckt in den Schrank, wo Mamas Jacke und Annas Jacke und Magnus' Jacke auf einem Bügel hängen, und daneben hängen jetzt auch noch die Jacken von Annegret und Ronja. 
»Soll sie mal sehen!« Und dann klettert sie ganz schnell in den Schrank und zieht die Tür hinter sich zu.
Auf dem Boden liegt Zeitungspapier, das ist schon ganz sandig, und darauf stehen Mamas Stiefel und Annas Sandalen und Magnus' Turnschuhe.

Aber daneben ist noch Platz.
»Jetzt machen wir es uns kuschelig, Linni«, sagt Linnea und schiebt die Schuhe ein bisschen zur Seite. »Wir beiden einsamen Frauen!«, und dann kuschelt sie sich in die Ecke und nimmt ihre Linni auf den Schoß.
Im Schrank ist es eigentlich ganz gemütlich. Richtig dunkel ist es nicht, weil die Türen aus ganz, ganz vielen Leisten zusammengesetzt sind, und dazwischen kann das Licht in den Schrank kommen. Das heißt Lamellen.
Richtig dunkel ist es nicht und gruselig auch nicht. Nur ein kleines bisschen langweilig ist es nach einer Weile vielleicht, aber das muss Linnea aushalten können. Das müssen große Kinder aushalten können, wenn ihre Mutter so blöde und gemein und eine arschige Pupefrau ist. Dann soll die Mutter sich aber mal wundern, wenn ihr Kind verschwunden ist, und soll sich Sorgen machen und weinen und sagen, dass es ihr so fürchterlich, fürchterlich Leid tut, dass sie

so gemein gewesen ist und gesagt hat, Linnea soll aufräumen. Ja, das soll Mama tun, sich Sorgen machen und suchen und nach Linnea rufen, aber Linnea sagt keinen Mucks. Linnea sitzt ganz still in ihrem Schrank und hört, wie Mama weint und weint und sagt, dass sie nun niemals mehr froh sein kann. Niemals mehr, weil doch ihre liebe kleine Linnea weg ist, und daran ist sie selber schuld. Weil sie doch so gemein gewesen ist.
Und wenn Mama dann lange genug geweint hat und ihre Augen ganz rot sind von all den vielen Tränen, kommt Linnea vielleicht raus aus ihrem Versteck und Mama kommt angerannt und nimmt sie in ihre Arme und sagt, wie schrecklich sie ihre Lieblings-Linnea vermisst hat und dass sie nie, nie, niemals mehr verlangen wird, dass Linnea ihr Zimmer aufräumen muss. Und Teller leer essen vielleicht auch nicht. Und leckere Kekse kriegt Linnea dann auch.
»Genau, oder, Linni?«, sagt Linnea zufrieden. »So machen wir das.«
Aber Linnea wartet und wartet,

und Mama kommt und kommt nicht. Langsam sitzt Linnea bestimmt schon hundert Stunden in ihrem Schrank, aber im Wohnzimmer lachen sie immer noch und Linnea kann immer noch die Gläser hören, und wenn sie jetzt nicht bald aufhören mit dem Kaffeetrinken, sind für Linnea nachher bestimmt keine Kekse mehr übrig.
»Na, die sind aber fidel, was, Linni?«, sagt Linnea unruhig. »Aber mach dir mal keine Sorgen. Mama denkt ja, dass ich mein Zimmer aufräume. Wenn sie merkt, dass ich da nicht bin, dann sollst du aber mal sehen, wie sie weint.«
Aber das tut Mama überhaupt nicht, und das kann Linnea fast gar nicht glauben.
Als alle fertig sind mit dem Kaffeetrinken, tragen sie das Geschirr in die Küche, das kann Linnea in ihrem Schrank ganz genau hören. Und ein bisschen kann sie sie sogar durch die Spalten zwischen den Leisten sehen.

»Du kannst ja mal gucken, ob Linnea jetzt fertig ist mit dem Aufräumen«, sagt Mama zu Ronja, und da merkt Linnea, wie sie ganz aufgeregt wird. Jetzt geht Ronja in Linneas Zimmer und findet keine Linnea, und dann geht sie zu Mama und sagt, dass ihr Kind verschwunden ist. Dann geht das Gesuche endlich los. Und das Geweine.
Und zu Anfang ist alles auch noch ganz genau so, wie es sein muss.
»Ich kann sie gar nicht finden!«, sagt Ronja mit einer jammerigen Stimme. Bestimmt hat sie sich beim Kaffeetrinken auch ganz schrecklich gelangweilt. Wo sie doch eigentlich mit Linnea spielen wollte, und jetzt sitzen da nur lauter alte Leute.
»Linnea ist gar nicht in ihrem Zimmer. Und aufgeräumt hat sie auch nicht«, sagt Ronja, und da denkt Linnea, dass Ronja ziemlich blöde ist und eine alte Petze. Die soll sich mal ruhig langweilen.
»Nanu?«, sagt Mama. »Immer noch nicht? Linnea, wo bist du denn? Kannst du mir mal sagen, was das soll?«
Da kneift Linnea die Lippen ganz fest zusammen, damit sie nicht vielleicht noch aus Versehen ein

Geräusch macht, und ihrer Linni hält sie auch den Mund zu. Obwohl die ja eigentlich immer ganz gut still sein kann.
»Linnea?«, ruft Mama. »Na, das ist ja nicht so schön, was, Ronja? Nun hast du gar keinen zum Spielen«, und dann gehen Mama und Ronja und Annegret wieder ins Wohnzimmer, und gleich danach hört Linnea sie schon wieder lachen.
Da sitzt Mama mit einem fremden Kind im Wohnzimmer und lacht, und dabei ist ihre eigene Linnea verschwunden! Da müsste sie doch eigentlich weinen! Wo sie überhaupt gar nicht weiß, ob ihr Kind nicht vielleicht von einem Kinderräuber weggeraubt ist. Oder tot und gestorben. Aber das kümmert Mama wohl gar nicht.
»Vielleicht hat sie mich gar nicht mehr lieb, Linni«, sagt Linnea und sie merkt, dass ihre Unterlippe schon wieder zittern will. »Die hat mich gar nicht mehr lieb, die Pupefrau. Die hat ja Anna und Magnus, da braucht sie mich nicht. Darum muss ich auch immer mein Zimmer aufräumen, nämlich«, und dann merkt Linnea, dass ihr wirklich eine Träne über die Backe kullert, und sie denkt,

dass es doch ungerecht ist, dass sie jetzt im Schrank sitzt und weint und die gemeine Mama hockt mit ihren Gästen im Wohnzimmer und ist putzmunter. So darf es doch wohl nicht sein!
»Die blöde doofe blöde Doofe!«, flüstert Linnea.
Richtig dunkel ist es im Schrank nicht, aber die Schuhe riechen nach Füßen, und viel Platz ist auf dem Boden auch nicht. Wenn Linnea sich nachher zum Schlafen hinlegen will, reicht er vielleicht gar nicht aus.

»Du kannst ja mal ›Piep‹ sagen, Linni«, flüstert Linnea. »Und dann sagen sie: ›Oh, da hat ja was Piep gesagt!‹ Und dann finden sie uns«, und sie hält ihre Linni mit dem Mund ganz dicht an die Lamellen. Nur »Piep!« rufen muss Linnea schon selber, das weiß sie natürlich. Aber *denken* kann man ja trotzdem, dass es Linni ist, die ruft. »Piep!«, ruft Linnea, und als aus dem Wohnzimmer immer noch nur Lachen kommt, ruft sie es noch mal doller.
»Piep! Piep! Piep!«
Aber die im Wohnzimmer hören sie wohl gar nicht vor lauter Gelächter, und Anna ist zu einer Freundin gegangen, und wenn Magnus in seinem Zimmer seine Tierbücher anguckt, hört er sowieso nie was.
»Piep!«, brüllt Linnea. »Piep, hab ich gesagt!«
Aber niemand kommt auf den Flur.
»Dann befreien wir uns eben selber, Linni«, sagt Linnea böse. »Das können wir. Wir sind ja nicht doof«, und dann macht sie einfach die Schranktür auf, und da steht sie nun im Flur und denkt nach.
»Die soll ja nicht so allein sein, die Ronja«, sagt

Linnea zu Linni. »Wo sie mein Gast ist. Da muss ich schon mal zu ihr hingehen, weißt du.«
Und dann macht Linnea die Wohnzimmertür auf und guckt ganz vorsichtig zum Tisch.
»Na? Hallo«, sagt sie wieder. Genau wie vorhin. »Du kannst jetzt kommen, Ronja. Jetzt hab ich Zeit.«

Mama dreht sich um.

»Ach, bist du wieder aufgetaucht, Linnea?«, sagt sie und ihre Stimme klingt ein bisschen freundlich und ein bisschen unfreundlich. »Na, das ist ja wunderbar. Findest du es nett, dass Ronja so lange auf dich warten musste? Wo warst du denn überhaupt?«

Aber auf solche Fragen gibt Linnea keine Antwort. »Du kannst kommen«, sagt sie wieder zu Ronja. »Ich hab Zeit.«
Ronja steht auf und guckt vorsichtshalber noch mal zu Mama hin, aber die guckt sie gar nicht an.
»Wie schön, dass du dein Zimmer doch noch aufgeräumt hast, Linnea«, sagt Mama. »Das hast du doch sicher, oder?«
Und bevor Linnea noch richtig nachgedacht hat, was sie dazu jetzt sagen soll, ist Ronja schon bei ihr an der Tür.
»Ich kann ihr ja helfen«, sagt Ronja. »Oder, Linnea? Kann ich doch?«
»Meinetwegen«, sagt Linnea großzügig, und dann verschwindet sie lieber ganz schnell in ihr Zimmer, bevor Mama noch sagen kann, dass es so aber eigentlich nicht gemeint war. 
Dann sitzen Ronja und Linnea in Linneas Zimmer auf dem Fußboden und packen mindestens hundert Playmo-Männer in ihre Tonne und die alten Baby-Duplos in ihre Kiste und zwei Bilderbücher auf das unterste Regal. Dafür, dass

sie eine alte Petze ist, ist Ronja eigentlich ganz nützlich.

»Fertig«, sagt Linnea und guckt sich zufrieden um. »Den Rest mach ich morgen«, und sie denkt, dass Mama jetzt bestimmt nicht mehr schimpft, wenn sie zufällig vorbeikommt und ins Zimmer guckt. »Morgen ist auch noch ein Tag.«

Aber Ronja hat immer noch Linnis Schal und Linnis Mütze und Linnis Sonntagskleid in der Hand. »Und das?«, fragt Ronja. »Wo soll das denn hin?«

Da reißt Linnea die Puppenkleiderschublade auf, die sie schon ganz lange nicht mehr aufgemacht hat. »Da rein!«, sagt sie und zeigt auf die Söckchen und die Schuhchen und die Höschen, und dann sieht sie erst, was mitten dazwischen liegt. Was mitten dazwischen liegt und überhaupt nicht da hingehört.

»Mein Adventskalender!«, ruft Linnea und holt den großen Papp-Hampel-Weihnachtsmann aus

der Schublade. »Guck mal, Ronja, das ist mein Adventskalender!«

»Ja, der ist hübsch«, sagt Ronja und stopft Linnis Schal und Linnis Mütze und Linnis Sonntagskleid in die Schublade, wo eben noch der Adventskalender gelegen hat. »Aber jetzt ist ja nicht Weihnachten, oder, Linnea?«

»Nee, jetzt ist ja nicht Weihnachten«, sagt Linnea und guckt den Kalender zufrieden an. Der Weihnachtsmann lächelt mit seinem Pappgesicht, und in einer Hampelhand hält er eine Glocke. Und auf seinem dicken Bauch stehen tausend kleine Türchen offen. Da war früher überall mal Schokolade drin.

»Darum ist der jetzt ja auch leer«, sagt Linnea und drückt die Türchen vorsichtig zu. Eins nach dem anderen. »Weil jetzt ja nicht Weihnachten ist. Alle Schokolade aufgegessen.«

Und gerade als sie »aufgegessen« sagt, sieht sie das Weihnachtstürchen. Dass es das Weihnachtstürchen ist, erkennt man daran, dass es größer ist als alle anderen Türchen und sogar zwei Flügel hat. Das haben die Weihnachtstürchen ja oft.

Und es ist zu! Ganz zu ist das Weihnachtstürchen, und als Linnea vorsichtshalber noch mal mit dem Finger draufdrückt, fühlt es sich dahinter auch ganz voll und schokoladig und überhaupt nicht hohl und leer gegessen an.

Hinter dem Weihnachtstürchen steckt noch ein Stück Schokolade!

»Und jetzt zeig ich dir eine Überraschung!«, sagt Linnea und pult ganz, ganz vorsichtig den ersten Türflügel auf. »Da wirst du aber staunen, Ronja«, und dann pult sie den zweiten Türflügel auf, und da steckt wirklich noch ein Stück Schokolade dahinter, das ist viel größer als die Schokolade an den normalen Tagen.

»Hab ich mir aufgehoben!«, sagt Linnea zufrieden.

Obwohl das natürlich nicht stimmt. Aufgehoben hat sie die Schokolade überhaupt nicht, nur vergessen. Wenn man am Heiligabend morgens aufsteht, ist man ja immer so aufgeregt und es gibt auch so viel zu tun und zu bereden. Da kann man das letzte Türchen schon mal vergessen.

»Hab ich mir aufgehoben, in echt«, sagt Linnea noch mal und steckt sich das Stück ganz schnell in den Mund. »Wenn ich mal keine Kekse abkriege«, und dann ist die Schokolade auch schon in ihrem Magen.

»Ach so«, sagt Ronja. Vielleicht klingt sie ein kleines bisschen enttäuscht. Vielleicht hat sie gedacht, dass Linnea ihr die Hälfte abgibt. Das soll man bei Gästen ja machen.

Aber nun hat Ronja doch den ganzen Nachmittag

Kekse gegessen und Linnea hat ganz allein und verlassen im Schrank gehockt und nichts abgekriegt. Da darf sie schon mal geizig sein.

»Und jetzt können wir spielen, Ronja«, sagt Linnea zufrieden. »Jetzt ist aufgeräumt. Du darfst auch bestimmen. Aber nicht alles«, und da sagt Ronja, dass sie Krankenhaus spielen will, und das will Linnea auch. Darum werden jetzt erst mal alle Puppen und alle Stofftiere auf den Boden gelegt, und dann werden sie operiert, bis sie wieder gesund sind, und als Mama und Annegret kommen, um Ronja abzuholen, will Ronja zuerst gar nicht gehen.

»Wir kommen doch bald mal wieder, Mäusespeck«, sagt Annegret. Und da steht Ronja auf.

»Und dann ist Linnea auch bestimmt die ganze

Zeit da, oder, Linnea?«, sagt Mama. »Da räumst du vorher auf. Dann muss Ronja nicht erst wieder so lange auf dich warten.«

Linnea denkt ein bisschen nach. Wenn sie ihr Zimmer gleich aufgeräumt hätte, dann hätte Ronja ihr nicht geholfen. Und wenn Ronja ihr nicht geholfen hätte, dann hätte Linnea die Puppenanziehsachen bestimmt nicht in die Schublade gelegt, das tut sie ja nie. Und wenn sie die Puppenanziehsachen nicht in die Schublade gelegt hätte, hätte sie auch den Adventskalender nicht gefunden. Und wenn sie den Adventskalender nicht gefunden hätte, wäre das Stück Schokolade womöglich noch verschimmelt.

»Mal sehen«, sagt Linnea. Wenn Besuch da ist, ist es eigentlich immer ein richtig schöner Nachmittag.

Linnea macht Hochzeit

In drei Wochen will Tante Sonja heiraten, das ist Mamas kleine Schwester. Aber natürlich ist sie trotzdem schon alt. Und Linnea soll Blumen streuen.

»Was krieg ich dafür?«, fragt Linnea.

Mama macht ganz schmale Augen. »Schäm dich mal, Linnea!«, sagt sie. »Da kannst du dich doch freuen, dass Tante Sonja dich zum Blumenstreuen ausgesucht hat! Wenn zwei Leute heiraten, ist das etwas ganz Wunderbares!«

»Warum hast du dich denn dann mit Papa wieder auseinander geheiratet?«, fragt Linnea.

»Darum geht es doch jetzt gar nicht!«, sagt Mama ungeduldig. »Jedenfalls ist eine Hochzeit immer ein großes Fest, und alles ist ganz feierlich, und ...«

»Gibt es geribbelte Pommes frites?«, fragt Linnea interessiert, weil das so ungefähr das Feierlichste ist, was sie sich vorstellen kann. An ihrem Geburtstag gibt es die auch immer.

»Das weiß ich nicht, Linnea«, sagt Mama. »Aber du kriegst zum Blumenstreuen ein ganz schönes neues Kleid. Das ist doch auch schon was.«

Da denkt Linnea, dass sie es sich dann ja vielleicht noch mal überlegen kann.

»Brautkleid?«, sagt sie aufgeregt. »Krieg ich ein Brautkleid?«

»Nein, du Dumme, das kriegt doch nur die Braut!«, sagt Anna, die sowieso immer alles besser weiß. Bestimmt ist sie nur neidisch, dass sie nicht Blumen streuen darf mit Magnus. Aber dafür sind sie leider schon zu alt und ätschi-bätschi.

»Aber ein feierliches Kleid kriegst du auch«, sagt Mama. »Das versprech ich dir. Ein ganz feierliches.«

»Ein Glitzerkleid wie die Zirkusmenschen«, sagt Linnea bestimmt. Vorgestern war sie nämlich mit der Nilpferd-Gruppe aus ihrem Kindergarten im Zirkus, und da hatten die Frauen auch alle glitzerige Kleider an, wenn sie so kippelig auf dem Seil längsgelaufen sind oder von einer Schaukel ganz

oben im Zelt elegante Kusshände nach unten geworfen haben. Feierlicher kann überhaupt gar nichts sein.

Aber dann kriegt Linnea natürlich doch kein Zirkuskleid.
Es kommt nur eine Frau vorbei, die hat Tante Sonja geschickt, damit sie Linneas Hochzeitskleid nähen soll, und die misst aus, wie lang Linneas Arme sind und wie lang Linneas Beine sind, und als sie auch noch Linneas Bauch messen will, läuft Linnea ganz schnell hinter den Wohnzimmertisch.
»Das geht dich gar nichts an, ätschi-bätschi!«, sagt sie böse. »Bauch ist unhöflich!«
Aber die Frau sagt, dass sie sonst doch gar kein schönes Kleid für Linnea nähen kann, und da seufzt Linnea ganz laut und macht ihren Bauch so dünn, dass er innendrin bestimmt fast hinten gegen den Po stößt, und sagt, meinetwegen. Nun muss die Frau ihr ein ganz dünnes Kleid nähen, da sieht Linnea aus wie ein Kind in der Werbung.
»Aber mit Glitzer!«, sagt sie entschieden. »Zirkuskleid«, und die Frau legt ihr ein Zentimetermaß

um den Bauch und sagt, sie wird sehen, was sich machen lässt.

Aber Tante Sonja will keine Glitzerkleider bei ihrer Hochzeit.

»Dann mach ich überhaupt gar keine Hochzeit!«, schreit Linnea, als Mama mit dem Paket nach Hause kommt, in dem Linneas fertiges Kleid eingepackt ist. Linnea sieht gleich, dass es ein ganz langweiliger Stoff ist, mit tausend winzig kleinen Blumen drauf wie für ein Baby.

»Och doch, das machst du doch«, sagt Mama energisch und hat schon Linneas Sweatshirt am Bündchen gepackt, um es ihr über den Kopf zu ziehen. »Jetzt will ich hier keine Sperenzchen erleben.«

Da macht Linnea sich so steif, dass Mama das Kleid fast gar nicht über sie drüberkriegt, aber dann ist sie doch ein kleines bisschen neugierig und geht ins Schlafzimmer, wo in der Kleiderschranktür die große Spiegelfolie angeklebt ist.

»Na, wie findest du dich?«, sagt Mama und klappt den Kleiderschrank auf.

Und da weiß Linnea überhaupt nicht, was sie sagen soll. Im Spiegel steht ein Mädchen, das ist so schön, dass man es fast gar nicht glauben kann. Es hat so ein zartes, zartes Kleid an, das sieht aus wie von einer altmodischen Prinzessin und ist so lang, dass unten nur die Turnschuhe und ein runtergerutschter Kniestrumpf herausgucken, und niemand kann glauben, dass das schöne Mädchen Linnea ist und ein normaler lebendiger Mensch und nicht eine

vornehme Kinderschauspielerin in einem Film aus der Werbung.
»Bist du jetzt zufrieden?«, fragt Mama.
Linnea nickt. Sie mag sich überhaupt gar nicht bewegen vor lauter Schönheit. Natürlich hat sie schon immer gewusst, dass sie schön ist, aber dass sie so schön ist, hat ja niemand ahnen können.
»Ich seh aus wie ein ganz fremdes Mädchen, Mama«, flüstert Linnea unruhig und hält die Arme ganz gerade.
Da gibt Mama ihr einen kleinen Kuss oben mitten auf den Kopf.
»Für mich siehst du immer aus wie Linnea«, sagt sie.
Und das ist ja immerhin eine Beruhigung.

Vor der Hochzeit bringt Mama Linnea zu Tante Sonjas Haus, damit sie mit Tante Sonja und Onkel Oliver zusammen zur Kirche fahren kann, und weil es so ein feierlicher Tag ist, hat sogar Mama ein Kleid angezogen.
»Na, du bist aber hübsch, Linnea!«, sagt Tante Sonja und sieht selber hübsch und aufgeregt aus. »Und deine Puppe hast du auch dabei?«
Dann geht sie mit Linnea nach hinten in den Garten, wo die Sonne ganz wunderbar auf den Jasmin und die Rhododendronbüsche scheint, weil heute schließlich Hochzeit ist. »Ich möchte dich deiner Kollegin vorstellen.«
Und bevor Linnea begreift, was Tante Sonja meint, steht sie schon vor einem Mädchen, das hat das gleiche wunderbare Prinzessinnenkleid an wie Linnea und hat die goldigsten Locken, die man sich vorstellen kann, und Augen wie blaue Glasmurmeln und ist so dünn, dass es bestimmt zweimal in Linneas Kleid passen würde.
»Das ist Miriande«, sagt Tante Sonja und schiebt Linnea ein bisschen dichter auf das fremde Mädchen zu. »Miriande ist die Nichte von Onkel

Oliver, weißt du. Die will heute mit dir zusammen Blumen streuen.« Dann ist Tante Sonja schon wieder verschwunden.
Linnea starrt Miriande an. Da haben sie sie ja mal wieder schön reingelegt! Jetzt hat Linnea gedacht, dass sie bei der Hochzeit die einzige Blumenstreuerin ist und auch die wunderschönste, und jetzt ist es genau wie bei Schneewittchen.
Natürlich ist Linnea heute so schön, dass Mama und Anna und Magnus gesagt haben, man müsste

ihr fast die Füße küssen; aber diese dünne Miriande ist leider noch tausendmal schöner als sie, das sieht Linnea gleich.

Aber höflich muss man trotzdem sein, wenn man ein schönes Kleid anhat.

»Na?«, sagt Linnea darum, aber da guckt die dünne Miriande ganz erschrocken auf ihre Füße und sieht aus, als ob sie gleich weinen will. Und Linnea denkt, dass es ja schön und gut ist, wenn diese Miriande noch schöner ist als die schönste Linnea, aber wenn sie dann so zimperlich ist, dass sie gleich losheult, wenn man nur mal freundlich »Na?« zu ihr sagt, nützt ihr ihre ganze Schönheit auch nicht so viel.

Und darum macht Linnea ihr ein Angebot.

»Wir können ja spielen«, sagt sie großzügig und tippt Miriande gegen den Arm. Und da nickt Miriande ein winziges bisschen und guckt ein winziges bisschen zu Linnea hoch und Linnea sagt, wenn sie will, darf sie auch mal Linni halten, und da sind sie schon beinahe Freundinnen.

Aber mit so einem feierlichen Kleid ist das Spielen gar nicht so einfach.

Zuerst spielen Linnea und Miriande, dass sie zwei reiche edle Prinzessinnen sind, die wohnen in einem vornehmen Park und trinken den ganzen Tag immer nur Cola und Sprite, und wenn sie mit ihrer goldenen Klingel klingeln, kommen die Diener gerannt und bringen ihnen auch noch Pizza und Spagettieis. Aber weil immer nur Linni die Diener sein muss und weil sie das natürlich nicht so gut kann wie ein lebendiger Mensch, macht das Spiel nicht so lange Spaß.
»Wir können Entführen spielen«, sagt Linnea, als Tante Sonja immer noch nicht kommt, um mit ihnen in die Kirche zu fahren. »Zuerst bist du eine reiche edle Prinzessin und ich bin ein gemeiner Räuber Hotzenplotz und sperr dich in meine Höhle, und dann bin ich eine reiche edle Prinzessin und du bist ein gemeiner Räuber Hotzenplotz und sperrst mich in deine Höhle.«
Das will Miriande gerne spielen, auch wenn es ja vielleicht ein bisschen gruselig klingt, und Linnea

sagt, hinter den Rosenbüschen kann die Höhle sein. Die sind pikiger und gefährlicher als so ein alter Rhododendronstrauch, und gefährlich muss eine Räuberhöhle schließlich sein.
»Jetzt hab ich dich gefangen, Prinzessin Miriande Goldlocke!«, sagt Linnea mit ihrer düstersten Stimme und sieht ganz schrecklich gefährlich aus. »Und nie mehr sollst du das Licht des Tages sehen!«
Da sieht Miriande so erschrocken aus, als ob Linnea ein echter Räuber Hotzenplotz wäre, und schreit, dass Linnea sie bitte, bitte loslassen soll, ganz sofort, weil sie zu ihrer Mama will.
»Mama!«, schreit Miriande. »Mama!« Und dabei hat Linnea sie doch nur ein kleines bisschen hinter die Rosenbüsche geschubst, weil das Spiel ja sonst nicht funktioniert.
»Sei doch mal still, du Dumme!«, sagt Linnea. »Gleich kannst *du* ja Räuber sein!«
Aber das will Miriande überhaupt nicht mehr, und sie schreit und schreit, als ob es ihr ganz egal ist, dass sie damit das ganze Spiel kaputtmacht, und als Linnea versucht, sie noch ein kleines bisschen

hinter den Büschen festzuhalten, reißt sie sich sogar los und versucht zu rennen, und da wäre es vielleicht doch besser gewesen, wenn sie einen Rhododendronstrauch als gefährliche Höhle genommen hätten.

Weil es nämlich ein ganz komisches Geräusch gibt, als Miriande hinter den Rosenbüschen herauskommt, und Linnea schreit »Oh!« und lässt Miriande los, und Miriande schreit gar nicht mehr, sondern fängt lieber gleich an zu weinen. »Das schöne Kleid!«, sagt Linnea erschrocken und guckt auf Miriandes Rock, der eben noch so feierlich und so prinzessinnenhaft ausgesehen hat. »Du hast das kaputtgemacht!«, weint Miriande, und das ist doch wirklich ungerecht, weil sie schließlich selber aus der pikigen Rosenhöhle weggelaufen ist, und wenn sie dringeblieben wäre, wäre gar nichts passiert.

»Gar nicht!«, schreit Linnea darum, aber dann tut ihr die traurige dünne Miriande Leid, wie sie dasteht in ihrem zarten Prinzessinnenkleid, und vorne klafft ein riesiger Riss, dass jeder sehen kann: Miriande hat Ärger mit Räubern gehabt. Und vielleicht will sie das auch gleich jemandem erzählen.

Und weil Miriande so schrecklich, schrecklich weint und weil Linnea denkt, dass sie vielleicht doch ein ganz winziges bisschen Schuld hat, das allerwinzigste bisschen vielleicht; und weil Miriande so klein und so dünn ist und Linnea ist schon so groß: Da denkt Linnea, dass sie an einem Hochzeitstag vielleicht auch mal eine gute Tat tun kann, wie große Leute das sollen, und sie geht zu Miriande und küsst sie ganz fest auf die Stirn.

»Nun wein aber mal nicht mehr, du Dumme«, sagt Linnea tröstend. »Wir können ja tauschen.«

Als Tante Sonja ganz eilig in den Garten gelaufen kommt, um Linnea und Miriande nun aber endlich zur Kirche abzuholen, sitzen ihre beiden Blumenstreuerinnen ganz artig auf dem Rasen und machen eine Gänseblümchenkette für Linni. Die soll schließlich auch Hochzeitstag haben. »Wie schön, dass ihr so geduldig gewartet habt!«, sagt Tante Sonja, aber dann sagt sie gar nichts mehr, sondern starrt immer nur auf Linneas Kleid.

»Meine Güte, Linnea! Und in einer Viertelstunde fängt der Gottesdienst an!«

Dann zieht sie Linnea ganz schnell mit sich ins Haus und wühlt in ihrem Nähkasten und nimmt zwei Sicherheitsnadeln heraus, mit denen kann sie das Kleid ganz gut wieder zusammenstecken.
»Zur Hochzeit mit einem geflickten Kleid!«, sagt Tante Sonja. »Oh, oh, oh, Linnea!«
Aber Linnea findet, dass es jetzt wieder richtig schön aussieht.
»Und außerdem«, sagt Tante Sonja zu Onkel Oliver, als sie ohne Linni alle zusammen zu den wartenden Autos gehen, »bin ich von der Schneiderin ein bisschen enttäuscht. Linneas Kleid ist ja viel zu eng! Das sitzt ja wie eine Wurstpelle!«
Da guckt Linnea Miriande an und legt einen Finger auf die Lippen, und Miriande guckt Linnea an und legt auch einen Finger auf die Lippen. Jetzt haben sie ein Hochzeitsgeheimnis.
Und dann wird wirklich alles wunderschön, obwohl sie nicht mit so einer feierlichen weißen

Kutsche mit vier Pferden zur Kirche fahren, und dabei hatte Linnea sich darauf schon ziemlich gefreut. Aber Tante Sonja sagt, eine Kutsche ist so teuer, die kann sich kein normaler Mensch leisten; und dass jemand kommt wie bei Cinderella und ratzfatz einfach aus einem Kürbis eine Kutsche zaubert, braucht man natürlich auch nicht zu hoffen. Sowieso hat Tante Sonja bestimmt keinen Kürbis im Haus.
Darum fahren sie jetzt mit einem echten silbernen Mercedes, den durfte sich Onkel Oliver extra für den Tag von seinem Chef ausleihen, und der ist auch sehr schön. Vorne auf der Kühlerhaube ist ein riesiger Blumenstrauß festgemacht und über das Dach laufen lauter Bänder mit Blumen, und wenn das Auto ganz langsam durch die Straßen fährt, gucken alle Leute hin und winken. Aber Linnea tut so, als ob sie das gar nicht merkt, und winkt nicht zurück. Feierlich ist feierlich.
»Habt ihr eure Körbchen?«, fragt Onkel Oliver, als sie vor der Kirche aus dem Auto steigen.

»Du kannst deins ja vielleicht ein bisschen vor den Riss halten, Linnea«, sagt Tante Sonja, aber Linnea hört schon gar nicht mehr zu.

Weil vor der Kirche so ein Gedrängel ist, du liebe Güte, so ein Gedrängel! Ganz viele Leute stehen da, bestimmt so viele, wie Kinder in der Nilpferd-Gruppe im Kindergarten sind, und alle gucken auf das Auto und warten, dass die schöne Braut aussteigt. Und Linnea und Miriande.

Dann kommt die Pastorin und streicht Linnea über den Kopf und Miriande auch und sagt, wenn gleich in der Kirche die Musik anfängt, dann sollen sie losgehen und ihre Blumen streuen.

Sie dürfen sogar die Ersten sein im Hochzeitszug, und hinter ihnen kommt die Pastorin mit einem ganz feierlichen Gesicht, die hält eine Bibel vor dem Bauch, und dahinter kommt das Brautpaar, und in den Bänken sitzen die Hochzeitsgäste und sehen aus wie Zuschauer im Theater.

Aber das Feierlichste ist die Musik, das ist eine Orgel. Linnea hat gar nicht gewusst, dass es so eine Musik geben kann, die alles so voll macht, dass man denkt, jetzt passen gar keine Menschen

mehr in die Kirche rein, und die so feierlich klingt, dass man gar nicht weiß, ob man nun fröhlich oder traurig ist, und am liebsten gleich weinen möchte wie beim Zeichentrick, wenn die Tierbabys ihre Mama verloren haben.

Es ist alles so feierlich und so wunderschön, und Linnea geht ganz, ganz langsam vorneweg und streut ihre abgeknibbelten Blumenköpfe auf den Boden, und sie denkt, dass sie später aber auch heiratet, und am besten gleich ein paarmal.

»Ein bisschen schneller!«, flüstert jetzt die Pastorin hinter ihr, und vielleicht gibt sie Linnea sogar einen winzigen Stups; und die dumme dünne Miriande hat das natürlich auch gehört und fängt fast an zu rennen.

Aber Linnea kneift die Lippen zusammen und

schüttelt den Kopf. Diese Pastorin hat wohl keine Ahnung von Hochzeit! Feierlich ist feierlich, da muss man ganz, ganz langsam gehen, und oben spielt die Orgel, und der Hochzeitszug hinter Linnea geht wie Zeitlupe im Fernsehen.
Feierlich ist feierlich, da zeigt Linnea ihnen mal, wie das geht.
Aber dann kommen sie doch vorne in der Kirche an, und Miriande ist schon längst da und sieht natürlich wieder aus, als ob sie gleich weinen will, und Linnea und Miriande müssen sich leider ganz still auf die erste Bank setzen und dürfen nur noch zugucken.
Jetzt ist die Blumenstreuerei vorbei. Jetzt darf nur noch das Brautpaar mitmachen.
Und danach wird es auch noch eine schöne Feier.

Alle Gäste wollen Linnea und Miriande über den Kopf streichen und sagen, wie schön sie Blumen gestreut haben, und dann wollen sie wissen, wie denn der Riss in Linneas Kleid gekommen ist; aber das können ihnen Linnea und Miriande leider nicht verraten. Das ist ein Geheimnis, und sowieso würde Mama sonst bestimmt nur wieder sagen, dass nur Linnea auf die Idee kommen kann, mit einem Blumenstreukleid in den Rosenbüschen Hotzenplotz zu spielen.
Auf dem Tisch steht eine riesengroße Torte mit einem Brautpaar aus Plastik obendrauf, das ist auch so feierlich; aber geribbelte Pommes frites kriegt Linnea nicht, und dabei muss es die bei einem Fest doch eigentlich geben. Dann wird es dunkel und Linnea denkt, wie nützlich so eine Hochzeit doch ist; weil Mama sonst bestimmt längst gesagt hätte, dass es jetzt aber für alle kleinen Mäuse Schlafenszeit ist, und alle kleinen Mäuse ist immer nur Linnea.

Aber heute Abend sagt Mama das gar nicht, und ein Freund von Onkel Oliver macht die Musik an und sagt, jetzt wird getanzt.
»Jetzt wird die Nacht durchgemacht!«, ruft der Freund, und das will Linnea ja auch wirklich gerne versuchen, aber dann wacht sie doch plötzlich auf, als Mama ihr ganz, ganz vorsichtig das Kleid über den Kopf zieht und flüstert, nun müssen aber alle kleinen Mäuse wirklich schlafen gehen. Da ist es ja klar, dass Linnea vorhin mitten auf dem Fest eingeschlafen ist, und das hat sie gar nicht gemerkt.
Das findet Linnea so gemein, dass sie fast ein bisschen weinen muss, aber da knipst Mama ihr schon die Bettlampe an und hängt das Blumenstreukleid ausgebreitet über einen Stuhl, damit Linnea es vor dem Einschlafen noch angucken kann. Linni hat ihre Augen längst zugeklappt.
»Das war doch wirklich ein schöner Tag, Linnea«, sagt Mama und schaltet ganz leise das große Licht aus. »Nur das mit dem Riss in deinem Kleid, das war schade.«
»Das war ja Miriandes Kleid«, sagt Linnea und

kuschelt sich ganz fest in ihr Kissen. »Die war so traurig.«

»Und darum hast du mit ihr getauscht?«, flüstert Mama, und jetzt gibt sie Linnea sogar zum zweiten Mal einen Gutenachtkuss. »Ach du, mein großes Mädchen! Das war aber lieb von dir!«

»Bin ich ja immer«, murmelt Linnea. Sie hat mit Miriande das Kleid getauscht, und sie hat Blumen gestreut, und sie war bestimmt die Feierlichste von allen.

»Du kannst dich mit Papa ja auch wieder verheiraten«, murmelt Linnea, bevor sie einschläft. Dann streut sie wieder Blumen. Aber diesmal darf Linni mitmachen.

Linnea hat einen Regentag

»Ich finde Regen so gemütlich«, sagt Linnea, als sie morgens vor dem Haus ihre Kapuze aufsetzt.
»Das findet doch jeder«, sagt Magnus und überlegt, ob er mal schnell in eine Pfütze hüpfen soll. Aber das tut er lieber erst heute Nachmittag. Jetzt muss er erst mal in die Schule, und da sind nasse Füße nicht schön.
»Ich hab den Regen ja gemacht«, sagt Linnea, und weil sie in ihren Kindergarten muss und weil sie außerdem die alten Gummistiefel von Magnus mit dem Ernie-und-Bert-Bild anhat, tritt sie so fest in eine Pfütze, dass es spritzt.
»Du bist ja dumm, Linnea«, sagt Magnus. »Den können Menschen nicht machen. Regen nicht.«
Aber Linnea gibt ihm gar keine Antwort. Sie weiß, was sie weiß. Gestern in der Nilpferd-Gruppe im Kindergarten hat der Erzieher gesagt, dass nun

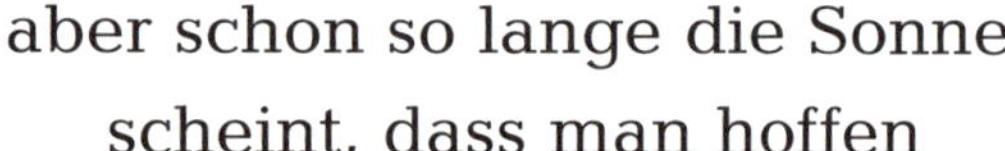

aber schon so lange die Sonne scheint, dass man hoffen muss, bald kommt ein großer Regen. Für die Pflanzen nämlich. Da dürfen die Menschen nicht immer nur an sich selber denken. Und darum hat Linnea an die Pflanzen gedacht und ihnen die Daumen für Regen gedrückt, und nun sieht man ja, was es genützt hat.

»Und wenn ich will, mach ich wieder Sonne«, sagt Linnea zufrieden. Aber erst mal will sie noch nicht. Erst mal will sie noch einen richtigen schönen Regentag genießen.

Morgens im Kindergarten darf sie das leider nicht, weil man sich bei Regen draußen nämlich erkälten kann. Darum sagt der Erzieher, dass sie lieber ein lustiges Käseschachtel-Telefon basteln wollen, und Linnea findet das ganz schön dumm von ihm. Basteln kann man schließlich auch bei Sonne.

Aber am Nachmittag, da geht sie mit Magnus

nach draußen auf den Garagenhof, und da ist der Asphalt so schön hubbelig, dass es genug Pfützen zum Reinhüpfen gibt.
»Ich lass euch den Schlüssel da«, sagt Anna, als sie zum Blockflöten geht.
Mama muss heute leider länger arbeiten.
»Wir sind ja keine Babys!«, sagt Linnea und steckt den Schlüssel in ihre Anoraktasche. »Was du immer denkst, Anna.«
Dann spielen Linnea und Magnus weiter Pfützenhüpfen, dass es nur so spritzt. Aber kein Glück der Welt kann ewig dauern, sagt Mama immer, und jetzt sieht man mal wieder, wie Recht sie hat.
Linnea hat nämlich nicht nur ihre Gummistiefel von Magnus geerbt, sondern auch ihre Regenjacke, und vorher hatte Magnus die schon

von Anna geerbt. Da ist es ja klar, dass sie nicht mehr so ganz neu ist, und am wenigsten neu ist sie wohl innendrin in den Taschen.
»Der Schlüssel!«, schreit Linnea erschrocken, als es ein kleines »Klirrrr!« gibt, das man sogar im prasseligen Regen hören kann. »Da ist ein Loch in der Tasche!« Und sie starrt auf den Boden, wo der Schlüssel gerade in einem Regensiel verschwunden ist.
»Jetzt ist er weg«, sagt Linnea und guckt, ob man im Siel noch etwas entdecken kann. »Und ich bin nicht schuld.«

»Ich auch nicht«, sagt Magnus, aber dabei guckt er so erschrocken, als ob er denkt, vielleicht muss ein großer Bruder, der schon beinahe sieben ist, doch immer erst mal gucken, ob so eine dumme kleine Schwester kein Loch in der Tasche hat, bevor sie einen Schlüssel einsteckt.
Ja, ja, Regen ist schön und die Pflanzen brauchen ihn auch ganz bestimmt; aber wenn man nicht mehr ins Trockene kann, weil man keinen Schlüssel mehr hat, und wenn man immer nur das Pladdern auf der Kapuze hört, dann fühlt man sich plötzlich so einsam und so verloren und so kalt.
»Ich will nach Hause!«, sagt Linnea. »Sofort! Jetzt brauch ich das warm. Ich krieg Lungenentzündung.«
»Wir können jetzt nicht nach Hause, Linnea!«, sagt Magnus unglücklich. »Du hast den Schlüssel verloren. Und Mama ist noch bei der Arbeit.«
»Wenn ich das aber will!«, schreit Linnea, aber dann macht sie plötzlich ein ganz zufriedenes Gesicht. »Oder ich geh in meine Regenhütte«, sagt sie. »Wie der kleine Bär und der kleine Tiger.«

Und da sieht Magnus auch, dass die Garage von dem großen Tobias, der immer alte Autos repariert, unten einen kleinen Spalt offen steht, und was nicht abgeschlossen ist, das ist doch wohl erlaubt. Wenn man in Not ist. Und in Not sind Linnea und Magnus ja.
Da krabbeln sie beide unter der Garagentür durch, und da sind sie wirklich in der allerschönsten Regenhütte. Die Garage ist dämmerig und leer und nur ganz hinten in einer Ecke steht ein Regal mit Werkzeug, das ist wunderbar aufgeräumt, und daneben auf dem Boden lehnt ein Reserverad für Tobias' Auto.
»Und ein Regensofa haben wir auch«, sagt Linnea und kippt das Reserverad um. »Jetzt können wir uns mal ausruhen.«
Magnus guckt ein bisschen unruhig und schiebt die Garagentür hoch, damit sie nicht aus Versehen hinter ihnen zufällt und sie können nicht mehr raus, und dann setzt er sich zu Linnea auf ihr Regensofa.
»Ich finde Regen so gemütlich«, sagt Linnea und seufzt. »Wenn man eine Regenhütte hat.«

»Wenn Anna wiederkommt, schimpft sie«, sagt Magnus unglücklich. »Weil wir den Schlüssel verloren haben.«

»Aber Mama schimpft nicht, du Dummer«, sagt Linnea. »Die ist ja selber schuld. Mamas müssen nämlich alle Taschenlöcher zunähen«, und dann steht sie wieder auf und hüpft ein bisschen durch die Garage.

»Regen, Regentröpfchen!«, singt Linnea und tanzt mit ihren Gummistiefeln wie ein richtiges Ballettmädchen. »Fall mir auf mein Köpfchen!«

Und das Gesinge und Getanze hat wohl Frau Frohwinkel gehört, die hat die Garage gleich nebenan. Die schiebt jetzt nämlich das Garagentor ganz nach oben und steckt den Kopf hinein.

»Hallo, Magnus! Hallo, Linnea!«,

sagt Frau Frohwinkel. »Was macht ihr zwei denn in Tobias' Garage?«

Da sagt Linnea, dass das doch eine Regenhütte ist, und Magnus sagt, dass sie nämlich leider nicht in ihre Wohnung können, weil Mama noch arbeitet und sie haben keinen Schlüssel.

»Und da müsst ihr ganz alleine draußen im Regen spielen?«, sagt Frau Frohwinkel und runzelt die Stirn. »Na, da weiß ich auch nicht.«

Aber dann holt sie einmal tief Luft und sagt, wenn Magnus und Linnea wollen, können sie auch mit zu ihr in die Wohnung kommen. Damit sie ein Dach über dem Kopf haben. Nur bis ihre Mama wiederkommt. Oder bis der Regen aufgehört hat.

»Nee, danke schön, Frau Frohwinkel«, sagt Linnea. »Wir haben ja ein Dach über dem Kopf.«

Und Frau Frohwinkel sieht vielleicht ein kleines bisschen erleichtert aus, als sie in ihre Wohnung geht, aber sie sagt, gleich ist sie wieder da.

Da singen Linnea und Magnus wieder ihre Regenlieder, und gerade als es anfängt, ihnen in ihrer Regenhütte ein winziges bisschen langweilig zu werden, weil man ja nicht den ganzen Tag immer nur singen kann, hören sie Schritte auf dem Garagenhof, und da steht Frau Frohwinkel in einer Regenjacke und mit einem Korb am Arm und macht ein ganz glückliches Gesicht.

»Damit ihr euch nicht erkältet!«, sagt sie, und dann holt sie eine Thermoskanne aus ihrem Korb und eine zugedeckelte Tupperdose und sogar ein rotweiß kariertes Küchentuch. »Ich weiß doch, wie das ist!«

Aber dann verschwindet sie wieder.

Da legt Linnea das Tuch ganz ordentlich vor ihrem Regensofa auf den Garagenboden und stellt die Thermoskanne darauf und die Tupperdose und die beiden niedlichen Blümchenbecher, die auch noch im Korb sind.

»Jetzt machen wir Picknick!«, sagt sie zufrieden. »Das ist heißer Tee«, und dann schenkt sie Magnus den Becher voll, damit er keine Lungenentzündung kriegt, und dann essen sie auch noch ordentlich von den Schokoladenkeksen in der Tupperdose.

»So ist Frau Frohwinkel sonst nie«, sagt Magnus nachdenklich, als sie den letzten Keks gegessen und den letzten Tee getrunken haben und ganz zufrieden und mit einem platzvollen Bauch auf die

Regentropfen horchen, die oben aufs Garagendach schlagen. »Sonst ist sie immer so streng.«
»Das war ja gar nicht Frau Frohwinkel«, sagt Linnea entschieden und schüttelt den Kopf. »Das war ihre Zwillingsfrau. Die hat sie heimlich versteckt. Die ist nett.«
»Du bist ja dumm, Linnea«, sagt Magnus, aber dann hört er plötzlich ein lautes Brummen, und dann macht schon wieder jemand das Garagentor auf.
»Ach nee, was soll denn das hier sein?«, sagt der große Tobias und guckt auf den Picknickplatz. »Hab ich mich in der Adresse geirrt, oder was?«
»Das ist doch unsere Regenhütte, du Dummer!«, sagt Linnea. »Lass dein Auto mal draußen, Tobias. Das darf nass werden. Autos kriegen keine Lungenentzündung.«

Tobias grinst. »Da ist was dran«, sagt er. »Bingo.«
»Aber die Kekse haben wir aufgefuttert«, sagt Linnea. »Du kannst keinen mehr kriegen.«
»Schade«, sagt der große Tobias und lehnt sich gegen die Garagenwand. »Und warum seid ihr zwei Mäusegesichter bei so einem Wetter nicht schön gemütlich zu Hause im Trockenen?«

Da fällt Linnea wieder ein, dass sie ja den Schlüssel verloren haben, und das hatte sie gerade so schön vergessen.
»Unser Schlüssel ist doch im Siel!«, sagt Magnus da auch schon, und ganz vielleicht kann Linnea sehen, dass seine Unterlippe zittert. »Da können wir doch nicht aufschließen!«
Da guckt der große Tobias ein bisschen nachdenklich, und dann geht er zu seinem aufgeräumten Regal in der Ecke und sucht in seinen Werkzeugkästen.
»Na bitte!«, sagt er dann. In der Hand hat er ein großes gebogenes Eisending, das hat ein rotes und ein schwarzes Ende, und Tobias sagt, es heißt Magnet. Das bindet er jetzt an eine lange Plastikschnur, und dann lässt er es draußen langsam ins Siel hinunter.
»Na bitte!«, sagt Tobias noch einmal, und tatsächlich, als er den Magneten wieder hochzieht, klebt da wirklich der Wohnungsschlüssel dran.
Linnea starrt Tobias an. »Wie hast du das gemacht, Tobias?«, fragt sie. »Mit Gezauber?«

Tobias wischt den Schlüssel an einem Öllappen ab, dann gibt er ihn Magnus.
»Nee«, sagt Tobias.
»Ich kann Wetter machen!«, sagt Linnea, und da merkt sie plötzlich, dass es schon die ganze Zeit nicht mehr geregnet hat. Sogar die Sonne luschert schon ein bisschen hinter einer Wolke heraus und glitzert in den Regentropfen.

»Das wollte ich ja«, sagt Linnea. »Dass die Sonne auch mal wieder scheint.«
Aber Tobias ist schon ins Haus gegangen.
Als Anna vom Flöten kommt, spielen Linnea und Magnus auf den Platten vor dem Haus In-die-Pfützen-hüpfen. Den Korb haben sie Frau Frohwinkel ganz ordentlich zurückgebracht und sogar bedankt hat Magnus sich noch mal. 
»Na, alles okay?«, fragt Anna und streckt die Hand aus, um den Schlüssel in Empfang zu nehmen. »Zum Glück ist es jetzt ja wieder trocken.«
Magnus legt Anna den Schlüssel in die offene Hand, und dabei sieht er Linnea so stirnrunzelig an, dass sie weiß: Magnus möchte nicht, dass Linnea Anna erzählt, wo der Schlüssel die ganze letzte Stunde war.
»Ich hab ja den Schlüssel gar nicht verloren, Anna«, sagt Linnea darum schnell. »Kannst du selber sehen.«
»Das hätte ich doch auch nie gedacht!«, sagt

Anna ganz lieb. »Ich weiß doch, dass du schon groß bist.«

Und da hat Anna ja Recht. Aber mit in die Wohnung geht Linnea trotzdem noch nicht. Jetzt muss sie erst mal die Pfützen ausnutzen. Und wenn dann wieder zu lange immer nur die Sonne scheint, kann Linnea ja einfach noch mal Regen machen.

Linnea trifft den Weihnachtsmann

Neulich hat Linnea den Weihnachtsmann getroffen, und nun kann sie wegen Weihnachten ganz beruhigt sein.

»Ich krieg ja Weihnachten ein Kettcar«, sagt Linnea beim Plätzchenbacken zu Mama und sticht drei wunderschöne Engel aus dem Teig. »Das hab ich auf meinen Wunschzettel gemalt.«

»Ich glaub nicht, dass das was werden kann, Linnea«, sagt Mama und dreht die Weihnachtsliederkassette um. »Kettcars sind ziemlich teuer. Und schließlich hab ich ja drei Kinder. So große Geschenke gibt es bei uns nicht.«

»Das ist dem Weihnachtsmann doch egal!«, sagt Linnea und zeigt Mama einen klitzekleinen Vogel. »Wie teuer das ist! Der muss das doch nicht bezahlen! Der kauft das ja nicht im Geschäft«, und dann sticht sie noch einen Engel aus und zwei Monde

und ein Herz. Da müssen Anna und Magnus noch ein bisschen auf die Ausstechförmchen warten.
»Aber immer kriegt man wirklich nicht, was man sich wünscht, Linnea«, sagt Anna und nimmt sich schon mal den Engel. »Die ganz großen Sachen wirklich nicht.«

Und Magnus sagt auch, genau, die ganz großen Sachen kriegt man nicht immer, das soll Linnea lieber mal glauben, sonst ist sie Weihnachten nur enttäuscht. Auch wenn der Weihnachtsmann die Geschenke ja vielleicht ganz leicht ohne Geld besorgen könnte.
Dann schieben sie die Plätzchen in den Ofen.
Woher der Weihnachtsmann immer die Geschenke kriegt, weiß Linnea leider auch nicht so genau. Die basteln ihm die Engel oder die Wichtel oder irgendwelche anderen Weihnachtshelfer, ganz ohne Geld. Und zum Glück können die sogar besser basteln als Linnea. Obwohl sie das oft auch ziemlich gut kann.

»Werdet ihr schon sehen, dass ich mein Kettcar kriege«, sagt Linnea zufrieden, und weil sie sowieso so gute Weihnachtsstimmung hat, ist sie nicht mal böse, als Magnus seine Kekse als Erster mit Zuckerguss anmalen darf. Vor Weihnachten kann Linnea ja ruhig mal nett sein.

Aber am nächsten Morgen im Kindergarten lachen Erdem und Katja sie aus.

»Vom Weihnachtsmann, ha, ha, vom Weihnachtsmann!«, schreit Katja. »Den gibt es ja gar nicht, du Baby!«

»Wohl gibt es den!«, schreit Linnea. »Du bist ja selber ein Baby! Der kommt ja immer zu uns!«

Und am liebsten würde sie Erdem und Katja jetzt eine scheuern, aber Katja ist stärker als Linnea, und Erdem weint immer so schnell, und Schwächere soll man im Kindergarten nicht so oft hauen. Aber Zunge rausstrecken geht.

Als Linnea am Nachmittag mit Magnus vom Kindergarten nach Hause geht, muss sie doch ziemlich doll nachdenken. Natürlich bringt der

Weihnachtsmann ihr jedes Jahr ihre Geschenke, aber gesehen hat sie ihn dabei noch nie. Aber wer die Geschenke sonst bringen sollte, weiß Linnea ganz bestimmt auch nicht. Das hätte sie doch wohl gemerkt, wenn Mama da fremde Leute mit Paketen reingelassen hätte! Und Einbrecher können es auch nicht sein. Die nehmen ja Sachen mit und bringen nicht noch was. Also muss es den Weihnachtsmann wohl doch geben, ha, ha! Magnus sagt das ja auch. Katja und Erdem wollten Linnea bestimmt nur mal wieder ärgern.
Abends im Bett, als die Spieluhr in Linneas altem Stoffmond »Guten Abend, gut' Nacht« spielt, obwohl Linnea dafür vielleicht schon fast zu alt ist, fällt es ihr zum Glück plötzlich noch ein.
Es gibt keinen Weihnachtsmann, was? Und was ist dann mit dem alten, alten Mann mit dem langen Bart und im roten Mantel, der im Kindergarten am letzten Tag vor Weihnachten jedes Jahr kommt und allen Kindern ein klitzekleines Geschenk bringt? Jedem Kind genau das gleiche, weil er sich die

richtigen Sachen ja immer bis Weihnachten aufspart, sagt die Erzieherin. Den haben Katja und Erdem ja wohl auch gesehen, und letztes Jahr hat Katja sogar noch zu Linnea gesagt, sie wusste gar nicht, dass der Weihnachtsmann verheiratet ist, und Erdem hat gesagt, nee, das wusste er auch nicht. Weil der Weihnachtsmann nämlich einen

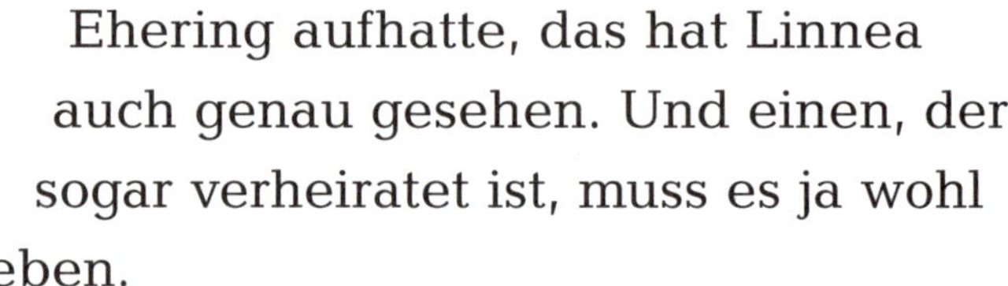

Ehering aufhatte, das hat Linnea auch genau gesehen. Und einen, der sogar verheiratet ist, muss es ja wohl geben.
Linnea zieht ganz schnell noch mal an der Schnur von ihrem Stoffmond. Das wird sie Katja und Erdem morgen im Kindergarten alles mal erzählen.
Aber leider muss Linnea am nächsten Morgen vor dem Kindergarten zuerst noch mit Mama zum Rathaus. Da will Mama sich ihren Ausweis verlängern lassen, und was das nun sein soll, weiß Linnea überhaupt nicht. Aber mitkommen muss sie trotzdem, auch wenn sie ganz fürchterlich mault.
Im Rathaus sitzt eine Frau in einem Glaskasten, die erklärt Mama, zu welchem Zimmer sie hingehen muss, und Linnea gibt sie einen winzigen, winzigen Schokoladenweihnachtsmann am Stiel. »Den magst du doch sicher«, sagt die Frau und lächelt so ein komisches Frauenlächeln, und da sagt Linnea, doch, den mag sie gerne, aber ihr Bruder mag solche auch. »Und meine große Schwester«, sagt Linnea und hält die Hand noch

mal hin. »Die mag Weihnachtsmänner auch. Du kannst nicht nur mir einen geben, Frau. Das ist sonst ungerecht.«

Da lacht die Frau und gibt Linnea noch zwei kleine Weihnachtsmänner, und Mama entschuldigt sich und die Frau sagt, es ist doch nett, dass Linnea auch an ihre Geschwister denkt.
Und das findet Linnea auch. Sie kann nur hoffen, dass die beiden Weihnachtsmänner für Magnus und Anna bis heute Nachmittag halten. Esssachen werden ja immer so leicht schlecht. Vielleicht

muss Linnea die Schokolade nachher im Kindergarten doch vorsichtshalber selber essen. Weil sie eine nette Schwester ist. Schließlich will sie nicht, dass Magnus und Anna von den schlecht gewordenen Weihnachtsmännern Bauchweh kriegen.

»Genau«, sagt Linnea zufrieden. Eigentlich ist das Rathaus doch gar nicht so blöde.

Und dann wird es sogar noch richtig weihnachtlich! Richtig gut und weihnachtlich wird es, und nicht nur, weil auf dem Flur ein riesengroßer Adventskranz von der Decke hängt. Das ist ja nichts Besonderes. Richtig weihnachtlich wird es erst, als Mama Linneas zerrissenes Weihnachtsmännerpapier in ihre Manteltasche steckt und eine Tür aufmacht.

»Komm, Linnea, trödel nicht so«, sagt sie und gibt Linnea einen ganz kleinen Stupser gegen den Rücken. Da geht Linnea vor ihr her in das Zimmer, und da sitzt ein Mann an einem großen Schreibtisch und guckt auf seinen PC.

»Guten Tag«, sagt Mama, und »Guten Tag«

sagt der Mann, und dann guckt er hinter seinem Monitor vor, und da fällt Linnea fast tot um. Hinter dem PC sitzt der Weihnachtsmann!
Zuerst denkt Linnea, dass es vielleicht nur sein Sohn ist, weil er nämlich keinen langen weißen Bart hat und keine weißen Haare, und das Gesicht sieht auch nicht richtig uralt aus. Aber Linnea kennt doch den Weihnachtsmann! Auf der Stirn hat er genau dieselbe komische Narbe, wie der Weihnachtsmann im Kindergarten sie hatte, und an einer Hand steckt ein Ehering, den erkennt Linnea ganz genau wieder. Der Weihnachtsmann arbeitet im Rathaus!
»Ja, bitte?«, sagt der Weihnachtsmann, und da erzählt Mama ihm, was sie will, und der Weihnachtsmann gibt ihr ein Blatt Papier. Dann muss Mama sich an ein Tischchen setzen und schreiben; und die ganze Zeit guckt Linnea und guckt. Der Weihnachtsmann arbeitet im Rathaus. Da hat der Bürgermeister aber Glück.
»Was ist denn los, Linnea, du zappelst ja so«, sagt Mama und guckt von ihrem Papier hoch. »Musst du mal?«

Aber Linnea schüttelt nur den Kopf. Natürlich weiß sie, dass man nicht einfach zu fremden Männern hinter den Schreibtisch gehen darf. Zu *normalen* Männern. Aber für den Weihnachtsmann kann das ja wohl nicht gelten.

»Bist du der Weihnachtsmann?«, flüstert Linnea und stellt sich ganz dicht neben ihn. »Arbeitest du hier?«

Der Weihnachtsmann macht plötzlich ein ganz erschrockenes Gesicht, und das ist ja auch kein Wunder. Bestimmt hat er Angst, dass Linnea ihn verpetzt, und dann kommen alle Kinder angerannt aus dem Kindergarten und aus der Schule und sagen ihm, was sie sich wünschen; und das ganze Zimmer ist voll und das ganze Rathaus, und wenn Leute ihren Ausweis verlängert haben wollen, können sie sich gar nicht mehr reinquetschen.

»Bist du nun?«, flüstert Linnea, aber da beugt der Weihnachtsmann sich auch schon zu ihr runter.

»Nicht weitersagen!«, flüstert er und legt seinen Finger gegen die Lippen. »Das Jahr ist immer so lang, verstehst du! Und ich hab ja sonst nur Weihnachten die paar Tage zu tun! Da langweile ich mich die restliche Zeit fast zu Tode!«
Linnea hätte ihn gerne gefragt, warum er dann nicht einfach mit seiner Frau in Urlaub fährt, aber der Weihnachtsmann redet schon weiter.
»Da komm ich eben zwischendurch immer mal auf die Erde«, flüstert er. »Mal hierhin und mal dahin. Mal nach Amerika und mal nach Afrika. Und jetzt bin ich hier. So kann ich schön rauskriegen, was die Kinder überall so machen. Ob sie artig sind und so weiter. Das ist ja sehr nützlich.«
Linnea nickt. Am liebsten würde sie dem Weihnachtsmann sagen, dass er sich mal um Katja kümmern soll. Die ist ja fast immer ungezogen.
»Aber das weiß natürlich keiner, dass ich hier bin!«, flüstert der Weihnachtsmann wieder. »Nur du und ich! Das ist unser Geheimnis!« Und er hebt drei Schwurfinger in die Luft. »Das musst du jetzt schwören.«
Da hebt Linnea ihre Hand auch hoch und sie

merkt, dass sie vor lauter Aufregung ganz kribbelig wird. Jetzt weiß Linnea was, das weiß sonst keiner. Nur Linnea und der Weihnachtsmann.
»Da, bitte«, sagt Mama und reicht dem Weihnachtsmann ihr Papier über den Tisch. Das hat sie jetzt wohl fertig geschrieben. »Und du kommst hinter dem Schreibtisch raus, Linnea! Du kannst doch den Herrn nicht so stören!«
Da zwinkert der Weihnachtsmann Linnea zu und schlägt ihr zum Abschied sogar auf die Schulter.
»Nicht vergessen!«, flüstert er. »Unser Geheimnis!«
Linnea ist mit Mama schon fast wieder die Treppe runter, da fällt es ihr ein.
»Ich komm gleich!«, ruft sie und dann saust sie zurück und reißt noch mal die

Zimmertür auf. Vor dem Weihnachtsmannschreibtisch steht jetzt ein alter Mann mit einem kleinen Hund auf dem Arm.

Aber das stört Linnea nicht so doll.

»Ein Kettcar!«, sagt sie leise und rüttelt den Weihnachtsmann ein bisschen am Ärmel von seiner ganz normalen Männerjacke.

»Das sollst du mir bringen!«

Der Weihnachtsmann guckt erschrocken hoch, aber dann lacht er. »Weiß ich doch längst!«, sagt er und zeigt auf seinen Computer. »Ist doch längst alles abgespeichert!«

Da flitzt Linnea wieder zu Mama, und es macht ihr auch überhaupt nichts aus, dass die ein bisschen schimpft und sagt, Linnea darf fremde Leute nicht immerzu so bei der Arbeit stören.

Wenn Katja und Erdem heute im Kindergarten

wieder so blöde reden, kneift Linnea einfach die Lippen ganz fest zusammen und sagt keinen Ton. Schließlich hat sie ein gutes Geheimnis.
Sie weiß jetzt schließlich genau, dass es den Weihnachtsmann gibt.